AF358049

21 Février 1908

VENTE AUX ENCHÈRES PUBLIQUES
LE VENDREDI 21 FÉVRIER 1908
HOTEL DROUOT, SALLE N° 7
à deux heures

Exposition publique, Salle 7
LE JEUDI 20 FÉVRIER 1908
de 1 h. 1/2 à 5 h. 1/2

OBJETS D'ART

EN MATIERES DURES ET AUTRES, MONTÉS EN ARGENT

Bronzes — Pendules anciennes

MEUBLES ET SIÈGES ANCIENS

Ameublement de Salon en ancienne tapisserie d'Aubusson

ÉPOQUE LOUIS XVI

PORCELAINES, FAIENCES, SCULPTURES, OBJETS DIVERS

COMMISSAIRE-PRISEUR
Me RENÉ LYON
29, rue Le Peletier, 29

EXPERTS
MM. PAULME & B. LASQUIN FILS
10, rue Chauchat | 12, rue Laffitte

CATALOGUE

DES

OBJETS D'ART

EN MATIÈRES DURES ET AUTRES MONTÉS EN ARGENT

STYLE DES XVᵉ, XVIᵉ ET XVIIᵉ SIÈCLES

Importante Buire et son plateau style Renaissance

EN CRISTAL DE ROCHE TAILLÉ ET GRAVÉ, MONTÉS EN ARGENT DORÉ
ET PARTIE ÉMAILLÉE

Bronzes, Pendules des Époques Louis XIV et Louis XVI

MEUBLES ET SIÈGES ANCIENS

En bois sculpté et marqueterie des Époques Louis XIII, Louis XIV et Louis XVI

Ameublement de Salon en ancienne tapisserie d'Aubusson

ÉPOQUE LOUIS XVI

PORCELAINES, FAIENCES, BISCUITS, SCULPTURES

OBJETS DIVERS

DONT LA VENTE AURA LIEU

HOTEL DROUOT, SALLE Nº 7

Le Vendredi 21 Février 1908, à deux heures

COMMISSAIRE-PRISEUR	EXPERTS
Mᵉ RENE LYON	MM. PAULME et B. LASQUIN FILS
29, rue Le Peletier	10, rue Chauchat | 12, rue Laffitte

Chez lesquels se distribue le présent Catalogue

EXPOSITION PUBLIQUE

Le Jeudi 20 Février 1908, Salle nº 7, de 1 h. 1/2 à 5 h. 1/2

CONDITIONS DE LA VENTE

La vente sera faite au comptant.

Les adjudicataires paieront *dix pour cent* en sus des enchères.

Paris.—Imp. de l'Art, Ch. Berger et Cie, 41, rue de la Victoire

DÉSIGNATION

OBJETS DIVERS

1 — Six gravures encadrées, eaux-fortes : Sujets de Rembrandt et autres.

2 — Huit miniatures encadrées : Portraits de femmes.

3 — Deux plaques, une rectangulaire et une ovale, en ancien émail de Limoges. XVIIe siècle.

4 — Deux minuatures : un sujet galant et un portrait de femme Empire, dans un cadre en chêne incrusté d'argent, de la même époque.

5 — Deux boites et une montre en ancien émail, décoré en couleur.

6 — Petite cassolette en émail, avec monture de style Louis XV, en bronze doré.

7 — Paire de grands chenets Louis XIII en cuivre, avec motif de lions héraldiques et boules superposées.

8 — Tasse à vin ancienne en argent.

9 — Tasse à vin ancienne en argent repoussé à godrons en spirales.

10 — Petite montre ancienne en or ; au revers : sujet peint en émail et perles.

11 — Petite bonbonnière ronde en émail.

12 — Paire de potiches, cloisonné du Japon, à fond rose.

13 — Paire de bouteilles, cloisonné du Japon, à fond bleu et rose.

14 — Dessus de lit en toile de Jouy.

15 — Chasuble ancienne en velours rouge à feuillages, ornée d'une bande en broderie de soie et métal.

16 — Manipule et voile de calice, même velours.

PORCELAINES, FAIENCES

BISCUITS, SCULPTURES

17 — Plat rond en ancienne porcelaine de la
Chine, famille rose, décoré de pivoines et
rocher en émaux de couleurs, avec lambre-
quins en bordure.

18 — Paire de petits vases, de forme Médicis, à
deux anses et à godrons, avec leurs socles en
ancienne porcelaine de Saxe, décorée de
fleurs en couleurs.

19 — Deux pots à crème, une tasse et sa
soucoupe en ancienne porcelaine de Saxe,
décors de fleurs en couleurs et camaïeu rose.

20 — Groupe en ancienne porcelaine blanche de
Saxe, marqué au point, à sujet galant sur
base ajourée.

21 — Petite statuette de jardinière en ancienne
porcelaine blanche de Saxe.

22 — Pendule en porcelaine de Saxe, à décor de
rocailles et fleurs, figures d'amours et de
deux personnages, avec blason sur la base.

23 — Groupe en ancienne porcelaine de Saxe.
Allégorie de la Paix et la Guerre. Il est monté
en pendule sur socle en bronze ciselé et doré,
à rocailles.

24 — Sous ce numéro, qui sera divisé, un lot de
porcelaines et faïences de fabriques diverses :
plats, assiettes, cafetière, pots et objets divers.

25 — Groupe en marbre blanc : Joyeux Baiser,
par Émile Leyssale. Signé.

26 — Deux statuettes de femmes en albâtre.

27 — Groupe en biscuit : Femme et Faune.

OBJETS EN ARGENT
MÉTAL ET MATIÈRES DURES

28 — Buire et son plateau en cristal de roche taillé et gravé, montée en argent doré avec parties émaillées, de style Renaissance. L'aiguière de forme ovoïde, à anse, déversoir et piédouche, est ornée sur la panse de médaillons avec animaux marins, entre-bordures à palmettes et godrons. Le plateau de forme circulaire, avec ombilic relevé pour recevoir l'aiguière, est composé de vingt-cinq plaques de cristal de roche offrant des animaux, des palmettes et au centre une figure de triton, reliées par une riche monture d'argent doré faite de bordures à oves, de pilastres et de cariatides de femmes ailées, émaillées en couleurs et ornées de pierreries.

29 — Important vase couvert à deux anses, piédouche et socle de base en argent en partie doré, de style Renaissance. Les anses formées de tritons et serpents enlacés, le piédouche orné de quatre figurines d'enfants nus assis, le socle rectangulaire à pans coupés repose lui-

même sur quatre pieds-dauphins ; le couvercle, le vase et son socle sont entièrement décorés de médaillons à sujets mythologiques, de rinceaux et de nombreux motifs divers d'ornementation.

30 — Vase ou coupe couverte, de forme cylindrique évasée, en argent en partie doré. Le corps du vase figure un fruit ou pomme de pin ; la base ainsi que le couvercle sont à lobes et décorés de bordures, cordons et rinceaux ; une petite figurine surmonte le couvercle et la base repose sur trois pieds : figurines de chevaliers tenant un écusson.

31 — Vase couvert formé d'un œuf d'autruche monté en argent doré. A son évasement, le col est décoré d'une bande à ornements gravés et de deux bordures à frises de rinceaux. La base à piédouche, forme balustre, est ornée de moulures décorées de mascarons, cartouches et autres motifs variés. Le couvercle cerclé de métal est surmonté d'une figurine de guerrier.

32 — Poire à poudre en ivoire, montée en argent émaillé, de style Renaissance. Les deux

faces sont ornées, sculptées en bas-relief, de scènes de chasses au cerf et au sanglier, et réunies par une monture en argent émaillé à motifs d'ornements et arabesques dans le goût d'Etienne Delaulne.

33 — Croix processionnelle faite de cristaux de roche taillés et montés en argent en partie émaillé.

34 — Petit groupe : Jupiter et Léda, en cristal de roche, sur base de même matière montée en argent et ornée de pierres de couleur.

35 — Couvercle de coupe en cristal de roche gravé ; monture en argent.

36 — Agrafe en argent, ornée de pierres de couleur.

37 — Ornement de châsse, de style gothique : Vierge et Enfant.

38 — Très petite statuette de Vierge et Enfant en argent doré en partie.

39 — Encensoir en argent, de style gothique. La partie inférieure, à plusieurs lobes, repose sur un socle mouluré, de forme contournée.

La partie supérieure ajourée est formée d'ar-
catures et de contreforts enrichis de figurines.

40 — Canne avec pomme en fer ciselé, en partie
doré : sujet de chasse.

41 — Anse d'aiguière à cariatide de femme ; argent fondu et ciselé.

42 — Bas-relief ovale en argent repoussé, en
partie doré : Faunes et Nymphe.

43 — Yatagan dans sa gaine en cuir doré, garnie
en argent émaillé bleu avec fleurs; poignée
en ivoire.

44 — Collier, formé de perles en malachite.

45 — Collier en lapis-lazuli.

46 — Collier, formé de médaillons ovales et
barettes, en argent émaillé.

47 — Petit coffret, forme cabinet, ouvrant à
porte et trois tiroirs intérieurs, en argent en
partie émaillé. Couvercle surmonté d'une
figurine de Diane.

48 — Porte de meuble-cabinet en ébène, ornée
d'un double écusson héraldique en partie doré.

PENDULES ET BRONZES

49 — Pendule religieuse, de l'époque Louis XIV,
en marqueterie de cuivre et écaille, surmon-
tée de la figure du Temps en bronze doré.
Repose sur quatre pieds boules.

50 — Pendule avec son socle-support en corne
verte et bronze, à ornements de rocailles et
feuillages. Époque Louis XV.

51 — Petite pendule en marbre blanc, en forme
de monument à colonnettes, supportant le
mouvement, orné de branches de lauriers et
de guirlandes de perles, en bronze ciselé doré.
Époque Louis XVI.

52 — Pendule en marbre blanc, orné de bronze
ciselé doré, le cadran supporté par un porti-
que reposant sur une base rectangulaire,
orné de bronzes ciselés dorés. Époque fin
Louis XVI.

53 — Pendule en marbre blanc et bronzes ciselés et dorés. Époque Louis XVI.

54 — Petite pendule en bronze ciselé et doré; le cadran repose sur une base rectangulaire avec frise en relief à motif palmé, il est surmonté d'une figure de femme tenant une rose, une lyre auprès d'elle. Époque Empire.

55 — Encrier en bronze doré. Époque Empire.

56 — Paire de chenets en bronze ciselé; modèle à cariatide de femme et feuillages rocailles. Style Régence.

57 — Paire d'appliques porte-lumières en bronze, à feuillage et fleurs de lys.

MEUBLES ET SIÈGES ANCIENS

58 — Ameublement de salon, formé d'un canapé, quatre fauteuils et deux chaises en bois sculpté doré, recouvert d'anciennes tapisseries d'Aubusson du temps de Louis XVI. Le canapé offre au dossier, sous un lambrequin à draperie, une scène champêtre : jeux d'enfants dans le goût de J.-B. Huet. Sur le siège, animaux sur fond de paysage. Les fauteuils et sièges sont à draperies, également, avec rinceaux fleuris et chiffres J.-D. entrelacés en fleurettes.

59 — Meuble-crédence à deux corps en noyer sculpté, à ornements de guirlandes de fruits et feuillages, ouvre à quatre portes et quatre tiroirs. Fin du XVIe siècle.

60 — Meuble à deux corps en noyer sculpté et mouluré, ouvre à quatre portes. Époque Louis XIII.

61 — Grande armoire hollandaise, de l'époque

de Louis XIII, en noyer et palissandre,
ouvre là deux portes et panneaux en saillie et
moulurés, entre trois colonnes, et a deux
tiroirs inférieurs. Repose sur cinq pieds dont
trois boules.

62 — Meuble-cabinet, de l'époque Louis XIII, en
bois d'ébène sculpté et gravé, sujets et personnages sur les panneaux des portes, inté-
rieur avec douze tiroirs et une porte centrale
dissimulant une niche entièrement en marqueterie de bois de couleur et glaces ; il repose
sur une table-support à pieds tors.

63 — Petite commode, de l'époque Louis XVI, en
marqueterie de bois de rose et en filets ama-
ranthe à grecques, ouvre à deux tiroirs avec
partie centrale en saillie, repose sur quatre
pieds cambrés, ornée de bronzes ciselés dorés,
dessus de marbre gris.

64 — Commode, de forme cintrée, à côtés mouve-
mentés, sur quatre pieds élevés et cambrés,
ouvrant à trois tiroirs de face et deux portes
latérales, en bois de placage du temps de
Louis XV. Elle porte l'estampille d'un maître
ébéniste du xviiie siècle. Dessus de marbre.

65 — Console Louis XVI en acajou et cuivres. Dessus de marbre blanc.

66 — Vitrine ouvrant à deux portes, ornée de cuivre. Époque Louis XVI.

67 — Couronnement d'autel en forme d'édicule, à colonnettes surmontées de statuettes en bois sculpté. XVIIe siècle.

68 — Meuble-crédence en poirier naturel. Style Renaissance.

69 — Grande vitrine, de style Louis XV, en noyer sculpté et doré.

70 — Sous ce numéro, les objets omis au présent catalogue.